SOURCE ANDRÉ.

—

1851.

SOURCE ANDRÉ.

I.

CONCESSION.

Le Conseil d'arrondissement de Montbrison, dans sa session de 1850, a émis un vœu relativement aux eaux minérales de Saint-Galmier. Le maire de cette dernière commune, en même temps secrétaire du Conseil, a formulé ce vœu, de telle sorte qu'on ne sait pas s'il veut détruire les sources ou s'en emparer.

Il s'est appuyé sur des faits évidemment erronés, sur des dates qu'il oublie de citer.

Il accuse le gouvernement d'avoir accordé aux propriétaires de la *Source André* l'autorisation d'exploiter sans avoir consulté la commune, sans avoir rempli les formalités exigées par l'ordonnance du 10 juin 1823, qui est la loi des eaux minérales.

Après le blâme, l'éloge. Tout en reconnaissant un but de conservation de la part du gouvernement, dans son décret du 8 mars 1848, qui interdit de pratiquer des fouilles à 1 kilomètre de distance des sources légalement reconnues, il l'accuse, non seulement de n'avoir pas suivi l'esprit de ce décret, mais encore d'avoir, après qu'il fut rendu, autorisé des fouilles.

C'est ici où l'art d'embrouiller les faits les plus simples, les plus avérés, est poussé jusqu'à son dernier terme. L'autorisation ministérielle de la Source André, après cinq ans de démarches pour remplir les formalités légales, est du 3 mars 1848 ; le décret a été rendu cinq jours après ; il est du 8 mars.

Co-propriétaire-administrateur de la source André, il nous sera peut-être utile de donner les dates qu'on a oubliées.

En novembre 1843, des travaux d'emménagement dans la cave d'une maison située place de la Fontfort, nous permirent *de ramasser les nombreux filets d'eau minérale qui, d'après le dire des habitants, se perdaient dans la rivière la Coise et sur différents points de la cave.*

Ce fait capital fut consigné dans un rapport de MM. les Professeurs de l'École de Lyon qui ont visité les lieux le 20 février 1844.

Ce rapport, immédiatement adressé à M. le ministre de l'agriculture et du commerce, ajoute :

« Chaque jour, on apprécie davantage la qualité des eaux minérales naturelles acidules gazeuses de Saint-Galmier ; limpides, froides et pétillantes, pouvant être transportées au loin, sans éprouver la moindre altération, leur goût piquant et agréable, leurs propriétés incontestables eussent étendu partout leur réputation, si la faible quantité susceptible d'être livrée à la consommation n'y eût apporté obstacle.

Une découverte importante paraît devoir changer l'état actuel des choses. Les propriétaires d'une maison située place de la Fontfort, à Saint-Galmier, ont rencontré un *courant* d'eau minérale. »

Ont signé : MONTAIN, professeur de matière médicale ; DAVALLON, professeur de pharmacie ; TISSIER, membre du jury médical ; RÉPIQUET, chirurgien en chef de l'hospice de l'Antiquaille ; COLRAT, chirurgien en chef à l'hôpital de la Charité.

En réponse à ce rapport, M. le ministre ordonna, selon le vœu de la loi, le puisement légal d'un certain nombre de bouteilles destinées à être analysées par l'Académie de médecine. C'est sur cette analyse et le rapport motivé qui la suit que M. le ministre prend sa décision.

Transcrivons la lettre de M. le secrétaire général de la Loire, en date du 10 juin 1844 qui, dans sa sévérité même, pose régulièrement la question :

« D'après l'ordre du ministre, et pour l'exécution de l'article 1er de l'ordonnance royale du 18 juin 1823, je viens de prescrire la défense au sieur André de livrer au public, de quelque manière que ce soit, même gratuitement, l'eau minérale de la source qu'il a *découverte* à St-Galmier.

En chargeant M. le maire de lui notifier cette défense, j'invite ce magistrat à déférer à la demande qui serait faite de son assistance au puisement des échantillons destinés à être analysés par l'Académie de médecine. »

Le Conseiller de préfecture, Secrétaire général, H. LEVET.

Cette lettre amena forcément le puisement exigé par la loi ; voici un extrait du certificat :

« Cejourd'hui 18 mars mil huit cent quarante cinq, 8 heures du matin :

« Nous, Eugène Bruneau, adjoint au maire de la ville de St-Galmier :

« Agissant en vertu de la délégation de ce magistrat, et étant assisté de M. le docteur Ladevèze, médecin-inspecteur des eaux minérales de Saint-Galmier,

« A la réquisition de M. Louis André, pharmacien, demeurant à Lyon, et ensuite de l'invitation contenue dans les lettres de M. le Préfet de la Loire, aux dates des 11 et 28 janvier dernier,

« Nous nous sommes transporté au lieu de Fontfort, commune de Saint-Galmier, à l'effet d'être présent au puisement d'échantillons d'eaux minérales, destinés à être adressés à son Exc. le ministre du commerce.

Ont signé : MM. André, Ladevèze et Bruneau.

Le Secrétaire perpétuel de l'Académie, E. Pariset.

La caisse contenant les bouteilles d'eau minérale fut sur le champ expédiée à M. le ministre.

Ce ne fut cependant qu'en 1846 qu'il devint possible d'obtenir l'analyse de l'eau minérale. Une première lettre de M. le ministre ne suffit pas ; il en fallut une deuxième dont copie. Elle est du 30 avril 1846, à l'adresse de M. le Secrétaire perpétuel :

« Par une lettre du 14 avril 1845, j'ai invité l'Académie royale de médecine à faire procéder à l'analyse d'une eau minérale dont je lui ai transmis les échantillons qui provenaient d'une source voisine de la source communale de Saint-Galmier, et appartenant au sieur André, pharmacien à Lyon.

M. André, réclamant de nouveau l'autorisation d'exploiter cette source, j'ai l'honneur de vous prier de rappeler cet objet à l'Académie et de hâter, autant qu'il peut dépendre de vous, l'envoi du rapport dont j'ai besoin pour statuer sur la demande dont il s'agit.

Recevez, etc. *Signé*, Cunin Gridaine.

Enfin, l'Académie adressa à M. le ministre le rapport suivant qui fut lu et adopté à l'unanimité, en séance, le 26 mai 1846 :

Par deux lettres ministérielles en date du 14 avril 1845 et du 30 avril 1846, M. le ministre du commerce a invité l'Académie royale de médecine à faire analyser les échantillons de l'eau minérale d'une nouvelle source découverte à Saint-Galmier (Loire), auprès de l'ancienne, connue sous le nom de *Fontfort*, dans le but de décider s'il y a lieu d'accorder l'autorisation que sollicite, pour l'exploiter, M. André, pharmacien à Lyon, propriétaire de cette nouvelle source. Les échantillons, arrivés en parfait état de conservation, étaient accompagnés d'un certificat en règle.

L'eau de la nouvelle source de Saint-Galmier a la plus grande analogie avec celle déjà connue qui fut analysée en 1839 ; elle est cependant plus chargée de gaz carbonique, bien plus mousseuse et même plus agréable à boire.

Elle provient, sans aucun doute, de la même nappe qui alimente la source ancienne (Fontfort) ; mais, en raison de son excessive abondance (elle donne plus de 20,000 litres en vingt-quatre heures), de sa richesse en gaz carbonique au sortir de la roche granitique d'où elle s'échappe, elle doit être un des jets les plus importants et les plus directs de cette nappe souterraine.

Les propriétés médicales de l'eau minérale de Saint-Galmier sont constatées depuis un temps immémorial, et il n'y a pas lieu de douter que la nouvelle source, identique par sa composition, ne les possède également. Déjà depuis fort longtemps on fait un usage général de cette eau dans la ville de Lyon, dans tous les pays voisins, ainsi que dans les départements du Forez et du Dauphiné.

Examinée tout récemment comparativement avec l'eau de Seltz naturelle et avec l'eau de Saint-Galmier de la source ancienne, nous avons trouvé dans celle de la nouvelle source une supériorité incontestable par la richesse en acide carbonique libre, auquel s'associe encore une quantité d'air riche en oxigène. Aussi, dans beaucoup de circonstances, a-t-on pu substituer avec avantage l'eau de Saint-Galmier à celle de Seltz dont nous venons de parler. Le tableau suivant fait voir clairement ce que nous avançons.

Tableau comparatif de l'eau de St-Galmier et de l'eau de Seltz.

SUBSTANCES MINÉRALISANTES.	St-Galmier source de la ville (Fontfort).	St-Galmier, source nouvelle. source André.	Eau de Seltz. Bergmann	Bischoff.
Air.	inapprécié.	très riche en oxig.	»	»
Acide carbonique libre.	1 volume fort	1 volume 1/2	1/2 vol.	1/4 vol.
	gr.	gr.	gr.	gr.
Bicarbon. de soude anhydre(1)	0,238	0,345	0,566(1)	1,014
Bicarbonate de potasse.	0,000	0,010	»	»
— de chaux.	domine	»	0,401(1)	0,323(1)
— de magnésie.	1,037	0,934	0,697(1)	0,276(1)
— de strontiane.	0,007	0,010	»	0,027
Bicarbona. de fer et de mangan	0,009	traces.	»	0,027
Sulfate de soude } anhydres.	0,079	} 0,310	»	»
— de chaux } anhydres.	0,180			
Chlorure de Sodium.	0,216	0,430	2,585	2,796
Nitrate de magnésie.	0,060	0,662	»	»
Phosphate soluble.	traces.	traces.	»	0,046
Silice et alumine.	0,036	0,020	»	0,048
Matière organique (génie).	traces.	traces.	»	»
Eau pure.	998,138	997,889	995,751	995,427
Principes fixes.	1,862	2,111	4,249	4,575

L'abondance de la nouvelle source, la facilité avec laquelle on peut la conserver en bouteilles et l'expédier au loin sans altération, même après un temps assez long (à cause de l'absence presque complète des matières organiques), doivent permettre d'arriver plus aisément encore à cette substitution. Nous ne saurions donc qu'applaudir aux efforts persévérants de M. André pour étendre les usages de cette eau minérale, et affranchir par là notre pays d'un tribut que nous payons depuis si longtemps à l'étranger.

Nous proposons, en conséquence, de faire accorder à M. André l'autorisation qu'il demande d'exploiter l'eau de la nouvelle source de Saint-Galmier, et nous formons des vœux pour voir ses tentatives couronnées par le succès.

(*Adopté à l'unanimité*).

En présence d'une semblable décision, il était difficile de supposer que la concession se ferait attendre.

Il est vrai qu'une action de droit nous fut intentée par la commune; même plusieurs. La première est du 27 janvier 1844.

Pourquoi, depuis sept ans, n'a-t-on pas suivi l'instance?

Et que dire devant cette sentence portée par M. Ladevèze,

inspecteur de la source de la ville, membre du Conseil municipal, nous écrivant lui-même le 17 avril 1848 :

« J'ai la conviction qu'avec ce nouvel agent thérapeutique (l'eau de la source André) employé concurremment avec l'eau de la source communale, dont l'inspection m'est depuis longtemps confiée, il nous sera possible d'opposer aux nombreux cas pathologiques qui se présentent annuellement dans la saison des eaux, des *moyens curatifs beaucoup plus énergiques et plus décisifs*. »

Il est vrai aussi qu'un nombre étonnant deprojets de conciliation n'ont jamais abouti.

On sait aujourd'hui que la ville de Saint-Galmier a pris pour devise : Tout ou rien.

Et elle se plaint de n'avoir pas été consultée,

Lorsque le 16 mars 1847 (on peut voir comme nous cette lettre à la Mairie), M. le préfet de la Loire écrivant à M. le maire de Saint-Galmier, dit :

« On ne peut retarder plus longtemps l'autorisation sollicitée par MM. André et Cie ; elle ne peut être refusée. »

Lorsque, vers la fin de 1847, M. Du Rozier, alors député de la Loire, qui a fait tout ce qu'il est humainement possible pour doter la ville de Saint-Galmier d'un établissement de premier ordre et concilier tous les intérêts, invita le Conseil municipal de Saint-Galmier à se réunir chez M. le maire (j'étais présent). Après avoir fait ressortir combien il importait à la ville de s'entendre, afin d'arriver à une grande exploitation, M. Du Rozier lut une lettre de M. le ministre du commerce. Cette lettre porte que, vu l'importance de la source André et la qualité de ses eaux, régulièrement reconnues, il n'est plus possible de retarder l'autorisation d'exploiter depuis si longtemps sollicitée, que la concession est dans les bureaux du ministère, pour être soumise à la signature.

Et le 3 mars 1848, M. le ministre Bethmont signa la concession préparée sous le ministère de M. Cunin Gridaine.

Il est difficile de rencontrer une concession obtenue par de si longs sacrifices, si bien recommandée.

Pour arriver à ce résultat, j'ai fait neuf voyages à Paris et 283 à St-Etienne, Monbrison, St-Galmier et Roanne.

II.

SELTZ DE NASSAU.

Laissons de côté tout ce qui n'a pas rapport à l'avenir; pour ne pas détruire, commençons par créer. L'œuvre que nous devons accomplir, si elle est difficile, est aussi nationale.

Constatons d'abord qu'à la troisième année de jouissance, la source André dépasse, en exportation, toutes les sources de France. Dans ce moment, en juillet, il sort de nos magasins plus de 100 caisses par jour contenant chaque 60 bouteilles d'eau minérale naturelle. C'est plus de 200,000 bouteilles par mois; ce sera, en tenant compte de l'hiver, plus de 800,000 par an.

Vichy, déjà si renommée, la première entre toutes, avec l'appui et toutes les ressources du gouvernement, est bien loin d'arriver à ce chiffre; et Seltz, l'étrangère, la Naïade de Nassau, la fille d'Hoffmann, la bien-aimée d'Huffeland, exporte plus de trois millions par an.

C'est donc là où nous devons porter nos regards; l'Académie a tracé la route.

L'été dernier, causant avec un personnage éminent des vicissitudes de la source André, des efforts qu'elle fait pour rendre possible une concurrence avantageuse à une eau étrangère, je reçus l'approbation la plus complète, j'étais dans la bonne voie.

Le lendemain, je pris pied sur les chemins de fer allemands; mais, avant de dire ce que la source André doit être pour la France, racontons en deux mots ce que sont devenues les sources allemandes qui sont de notre famille.

Nous jetterons, en passant, quelques regards sur différents points qui ne nous sont point étrangers.

Arrivé à Liége, on se croirait encore dans le département de la Loire. Même bassin houiller; la Vesdre, comme le Furens, roule une onde noirâtre, mêmes chemins de fer à plans inclinés, à nombreux tunnels.

Spa, dont les sources appartiennent à la famille des

eaux minérales ferrugineuses acidules froides, entièrement semblables aux eaux de Saint-Alban et du Sail, mérite quelque attention, ne serait-ce que pour prouver la grande analogie qui existe entre les deux localités qui nous occupent.

Toutes les sources de Spa sont à l'air libre, enfermées dans des puits carrés, ras de terre, abrités par une toiture supportée par des colonnes.

La ville perçoit à la source du Pouhon la rétribution due par les buveurs, d'après le tarif suivant :

Pour la saison, 15 fr.; pour une famille de deux personnes, 25 fr.; de trois, 35 fr.; de quatre et au delà, 40 fr., secrétaires et domestiques compris.

L'eau se rend par des conduits, dans un établissement de bains chauffés, comme à Allevard, par la vapeur, au moyen d'un flotteur.

Au 14 août 1850, 3061 personnes, cette année, avaient visité Spa.

En continuant notre route, comparons le Taunus et les montagnes du bassin de l'Emsbach, chaînes d'où sourdent les eaux minérales du duché de Nassau aux chaînes qui encadrent la plaine du Forez; au midi, les monts où finit l'Auvergne; au nord, le chaînon qui, du Mont-Pila, se jette dans le Bourbonnais, nous rencontrons partout de nombreuses roches de formation plutonique, soit basaltiques, soit granitiques, chaînes en France comme en Allemagne, non moins riches en eaux minérales, en bois, en vallées, en rivières, en fleuves.

On sait que la science explique la création si longtemps continue des eaux minérales acidules gazeuses par l'action des volcans éteints.

Venons à Seltz, but principal de notre excursion.

Selters, en français Seltz, est une source qui jaillit à quelques minutes d'un petit village appelé Nieder Selters, à 3 lieues de Limbourg, dans le duché de Nassau, elle coule à 10 minutes d'un tout petit ruisseau, l'Emsbach.

La composition chimique de l'eau de Seltz est absolument la même que celle de la source André, seulement d'après l'analyse toute récente de Kastner et Ossian Henry, elle contient plus de sels (3 grammes pour 2) et moins de gaz acide carbonique (1 volume 1/4 pour un volume 1/2). Cette différence donne raison de l'opinion émise par l'Académie, à savoir que l'eau de la source André est plus agréable à boire, ce dont il est facile de s'assurer en goûtant de l'eau de l'une et de l'autre source.

Aucun auteur n'a donné le volume exact de la source de Seltz, mais à l'aspect du filet qui va se perdre dans la rivière, on peut supposer assez exactement que son volume est, à peu de chose près, le même que celui de la source André, vingt-mille litres par jour.

Selters n'a rien fait pour recevoir les malades, on ne trouve pas même un hôtel dans ce petit village.

Mais, en revanche, les proportions des bâtiments qui environnent la source, les dispositions des superbes emplacements pour les besoins du service, chacun ayant une destination spéciale ; des édifices pour le logement d'un directeur et des principaux employés, de grands magasins, des galeries contenant d'immenses piles de cruches fabriquées dans les environs, régulièrement séparées, s'élevant jusqu'à la hauteur d'un 3e étage, laissant circuler à travers les rues, formées par ces groupes, d'énormes voitures attelées de quatre chevaux indiquent de suite à l'œil une vaste exploitation. C'est grandiose. Un magnifique parc encadre le tout.

Il y a directeur, sous-directeurs, brigadiers, ouvriers divisés par escouades, parmi beaucoup de jeunes filles, et puis un commandant militaire.

La source est contenue dans un puits carré de 70 centimètres de face ras du sol, à l'air libre, une toiture d'environ 4 mètres de hauteur, supportée par des colonnes, recouvre le puits, ainsi que l'espace nécessaire au jeu de trois machines à boucher et de la cuve à rincer les cruches, servie par un robinet d'eau douce.

Voici comment on procède : des ouvriers retirent les cruches des piles et les emplissent d'eau douce fournie par un bras de la rivière détournée à cet effet. Ensuite on les place droit sur un aire bien unie, à découvert, qui en contient 20 mille ; au bout de 36 heures, toutes celles qui ne sont pas restées entièrement pleines sont rejetées, les autres sont vidées et transportéees près de la source où des jeunes filles les prennent pour les passer à l'eau douce de la cuve et les mettre droites dans un panier en fil de fer suspendu à une espèce de tourniquet à 3 bras, un panier est à chaque bras. Le panier contient 8 cruches de face, soit 64, il remplit le diamètre du puits. En poussant le tourniquet et faisant jouer une manivelle le panier descend dans le puits jusqu'à ce que l'eau recouvre les cruches. On entend alors un glou-glou répété, l'eau siffle et les cruches sont pleines, par un mouvement contraire de la manivelle le panier remonte, on continue à pousser le tourniquet jusque sur un établi à une distance mesurée pour que le 2e panier se trouve sur le puits, on répète le même mouvement et 64 autres cruches se remplissent à la fois. Ainsi du 3e.

Pendant que le 2e panier s'emplit un homme armé d'une baguette en bois l'introduit dans chaque cruche du premier panier pour vider le trop plein et faire la place des bouchons. Des jeunes filles mettent alors ces cruches sous la machine à boucher un peu trop compliquée quoiqu'ingénieuse; delà elles sont transportées dans l'atelier où on les recouvre d'une peau blanche, puis dans une autre salle pour imprégner la peau d'une couche de poix sur laquelle on appose le cachet aux armes de Nassau.

Enfin, elles sont empilées dans un magasin d'une grande étendue pour être chargées et conduites à Than sur l'embouchure de la Moselle au Rhin.

Ce vaste entrepôt dessert toutes les parties du monde. Sur les rives du Gange, de l'Indus, l'eau de Seltz est recommandée pour être la boisson la plus rafraîchissante, la plus efficace contre la chaleur brûlante des tropiques. Elle est connue aux îles de l'Archipel indien, d'Adelaïde, de Sidney. Ses plus vastes débouchés sont en Orient et dans le nouveau monde. Depuis New-York jusqu'à Rio-Janeiro, à Lima, à Valparaiso, à Santiago, à Baltimore, à Philadelphie, à Londres, à Vienne, sur les bords de la Méditerrannée, à Pétersbourg, à Stockolm, à Copenhague, elle est répandue partout.

Nous ferons ici une remarque sur la manière de procéder à Seltz et à la source André. Les hommes compétents apprécieront. La science a expliqué avec quelle facilité les sulfates alcalins en dissolution dans les eaux minérales se décomposent et passent à l'état d'hydrosulfates, à l'odeur d'œufs pourris, par le contact d'un brin de paille ou de matières végétales quelconques. Avec les cruches opaques, on ne peut voir l'eau salie, nos bouteilles d'un verre très-clair nous permettent de rejetter celles qui ne sont pas parfaitement limpides; d'un autre côté, on conçoit facilement que 64 cruches entrant simultanément dans un réservoir soient remplies aussi vite qu'une seule; mais il faut tenir compte du battement de l'air contre l'eau et les parois du vase, lorsqu'une bouteille se remplit posée verticalement dans l'eau; du temps qu'il faut pour sortir le panier, le placer sur l'établi, passer 64 fois la cheville pour sortir le trop plein et boucher, 5 minutes ne suffisent pas. A la source André 18 bouteilles convenablement préparées d'avance sont remplies et bouchées dans une minute.

Ce n'est pas tout que d'être royale. Jamais source n'eût des parrains aussi nombreux, aussi haut placés dans la science que celle de Seltz. Ils sont de tous les pays. Le nombre des auteurs qui ont écrit sur l'eau de Seltz dépasse 200. Tabernæ-Montanus fut le premier en 1581. Horst, Hahlm, Mogen, Haen et surtout le fameux Hoffmann, médecin du roi de Prusse, qui dans plusieurs traités lui donna une réputation européenne. Van Swieten, Bursieri, Tissot en France, Cullen d'Édimbourg, Ettmüller, Huffeland, Richter, Wetzler, Vetter, parmi les chimistes: Bergmann, Andreæ, Westrumb, Bischof, Struve, Caventou de Paris, Dæbereiner d'Iéna et Kastner.

Les cruches coûtent à l'établissement de Seltz 5 florins, soit 10 fr. 60 cent. le cent.

L'eau en cruche sans emballage est livrée au commerce à raison de 13 florins soit 27 fr. 56 cent. le cent pris à l'établissement.

Quoique ces prix soient encore assez élevés comparativement à ceux de l'eau de la source André, on voit que l'administration de Seltz la première est entrée dans la voie du bon marché, condition absolue pour une vente considérable.

ANDRÉ,

Co-propriétaire-administrateur.

III.

SAINT-GALMIER.

Laissons parler M. Miciol qui s'est occupé d'une manière toute spéciale, au point de vue de l'art, des projets d'amélioration, des détails de l'exploitation et des avantages que peut retirer la ville de Saint-Galmier d'un établissement minéral convenable. . . . .

. . . .

Examinons si Saint-Galmier est ce qu'il doit être, ce qu'il faut qu'il soit.

Les eaux minérales acidules gazeuses étant une boisson de table d'un usage général et journalier, celles particulièrement qui ne contiennent pas de fer, et, sous ce rapport, l'eau de la source André est la première entre toutes, il fallait, dès le début, par la modicité des prix, pouvoir s'adresser à toutes les bourses.

Les verreries de Rive-de-Gier, aux portes de Saint-Galmier, sont venues simplifier cette question et permettre non-seulement de remplacer en France l'eau de Seltz, mais encore de lui faire une concurrence avantageuse sur les marchés étrangers.

En effet, au moyen d'une capsule en métal qui maintient fixe le bouchon sans salir le verre comme le goudron, on a pu adopter les formes des bouteilles de chaque localité. Marseille et le Midi reçoivent le litre de liquoriste, Bordeaux la bordelaise, Châlon la Bourguignone, Paris la bouteille de Sèvres, de telle sorte qu'une fois l'eau bue, le consommateur a une bouteille neuve, rincée, de la valeur marchande de sa localité, reprise par les entrepositaires au prix de facture. Ainsi l'eau de la source André peut se vendre dans le midi 20 cent. la bouteille et bientôt Paris jouira de ce même avantage.

Aux environs de la source, lorsque la bouteille retourne

on a adopté le goudron qui coûte beaucoup moins que la capsule.

Ces combinaisons, l'excessive abondance de la source, les améliorations que la science a indiquées pour la mise en bouteilles et la conservation des gaz, font qu'on peut livrer l'eau naturelle à meilleur marché que l'eau fabriquée. Les dépositaires de Saint-Étienne vendent au public le litre d'eau minérale 10 centimes, ceux de Lyon 15 centimes.

Il est bon de faire connaître la manière de mettre en bouteille à la source André. On pourra comparer.

100 bouteilles vides faisant contrepoids sont descendues dans les caveaux où se trouve la source par une grue qui en même temps remonte 100 bouteilles pleines. Les bouteilles sont rincées dans un vaste bassin alimenté par une source d'eau vive et courante. Ensuite elles sont passées dans un réservoir d'eau minérale, puis égoutées. Un enfant les pose sous la main du tireur qui les place sous un grand robinet toujours ouvert, monté sur crémaillère afin de prendre l'eau toujours à sa naissance, et de là seulement à 6 pouces de distance sous la machine à boucher, desservie par un autre enfant et un homme robuste ; alors de jeunes filles les mettent dans le panier qui sera remonté par la grue. Ce panier à roulettes est conduit près des casiers où les bouteilles sont empilées pour les laisser reposer et reconnaître celles dont le bouchon fuit ou celles qui contiendraient quelques corps étrangers ; après, elles sont mises sous les machines à capsuler ou goudronnées et emballées dans des caisses de 60 bouteilles.

La rapidité de la mise en bouteille est telle qu'aucun atôme de gaz, à la température de la cave, ne peut s'échapper, et que l'air extérieur n'a pas le temps de réagir ; il y a 5 personnes pour remplir et boucher une bouteille.

Le chemin de fer de Roanne à Lyon par la Loire et ses canaux, par la Saône, le canal du Rhône au Rhin, du centre, et par le Rhône, faciliteront la vente sur les marchés étrangers, lorsque les mesures nécessaires pour une si vaste entreprise seront entièrement étudiées.

Pour le moment, on est certain qu'en Algérie comme à Paris le prix de la bouteille d'eau naturelle ne dépassera pas 20 centimes pour le consommateur.

Mais si l'exploitation de la source André prospère, on ne peut pas en dire autant de la source communale. Le puits de la Fontfort laisse perdre une richesse qui pourrait être décuplée par le concours des étrangers qui ne manqueraient pas d'arriver, s'ils savaient rencontrer un établissement important et mieux approprié.

La France est intéressée dans cette question, Saint-Galmier doit être un de nos premiers établissements minéraux. Le fait est incontestable, la découverte de la source André a créé une nouvelle branche de commerce inattendue, d'une importance européenne. Nous avons la conviction profonde que, malgré tous les obstacles, on arrivera au but. Les habitants de Saint-Galmier sont aussi trop intéressés dans la question pour ne pas y voir clair.

La source nouvelle est la seule qui puisse être opposée avec avantage, en France, à une source rivale, à une eau étrangère dont on connaît l'antique réputation et la puissance. Tout ce que les auteurs ont écrit pour Seltz s'applique à la source André, on peut profiter de leurs études, de leurs expériences, on peut faire mieux.

On peut, en dehors d'une exportation considérable qui commence, que nous avons prévue dans une première étude, puisque la réputation des eaux de Saint-Galmier attire depuis longtemps un certain nombre de malades, et vu l'abondance des sources, créer un établissement minéral qui les amènera de plus en plus, qui les empêchera surtout d'aller ailleurs où l'on fait tant de frais pour les recevoir.

En effet, les eaux minérales naturelles du puits André, quoique froides, ont, prises à la source, d'après l'observation des hommes compétents, une action incontestable sur l'économie: M. le médecin inspecteur les regarde même comme très-énergiques.

Par la réunion des sources qu'on ajoute à l'action de

l'eau minérale prise en boisson, l'action de la même eau est administrée sous forme de bains, de douches. Pour cela, deux piscines, quelques baignoires, quelques appareils suffiront.

Mais, surtout, amenons à Saint-Galmier le confortable nécessaire à tout établissement qui peut et doit faire aussi bien que les autres pour réussir.

Dans ce but, la Société André et Cie a plusieurs fois offert et offre encore de servir à la commune le prix de ferme qu'elle retirait de ses eaux, à la charge par elle d'employer pendant dix ans partie de cette somme en travaux d'art et améliorations aux abords des sources.

Si on finit par vouloir faire à Saint-Galmier un établissement minéral convenable pour attirer les malades ou les amateurs qui préfèrent ses eaux, elle offre, en outre, en dehors des frais qui la concernent en propre, de dépenser aussi, pendant dix ans, une somme égale à celle que la commune donnera pour les améliorations arrêtées.

Il serait facile d'arriver vite en traitant avec un entrepreneur qui se contenterait d'un remboursement annuel.

Et bientôt Saint-Galmier serait un établissement de premier ordre qu'on pourrait citer, recommandé par les notabilités médicales qui ont fait au dehors la fortune de ses eaux; une source de prospérité pour ses habitants; une mine importante, d'une autre nature, pour l'industriel département de la Loire; le rendez-vous affectionné de l'opulent Saint-Étienne; pour la France une richesse minérale unique, la seule qui ne se trouvait pas encore dans son catalogue.

On voit que les revenus de la ville sont réservés par ces offres comme par toutes celles qui ont été faites; c'est toujours seulement avec une partie du produit des sources sans aucun risque pour les deniers de la commune que Saint-Galmier doit être doté d'améliorations utiles, indispensables, commandées par la belle nature de ses eaux. Mais si l'on continue à refuser des propositions faites d'abord dans l'intérêt de la commune avant d'être pour celui de la source André, on ne doit pas se plaindre.

Le Conseil d'arrondissement, sans recourir au témoignage irrécusable de MM. les professeurs de Lyon, à la sanction de l'Académie, sait fort bien :

Que la découverte de la source André fut la principale fortune de Saint-Galmier ;

Qu'avant, cette commune ne possédait pas le quart de l'eau minérale qui peut aujourd'hui être livrée au commerce ;

Que son eau ne pouvait être comparée que de loin à celle de Seltz, tandis que celle de la source André, jet le plus important, lui est supérieure et par ses principes minéralisateurs et par son abondance. L'Académie l'a dit, elle est plus agréable, plus riche et plus avantageuse.

MICIOL, architecte.

IV.

PROPRIÉTÉS MÉDICALES

DES EAUX MINÉRALES DE LA SOURCE ANDRÉ,

LEUR RAPPORT AVEC L'EAU DE SELTZ,

LEUR SUPÉRIORITÉ.

En 1727, Hoffmann écrivit sa monographie sur les vertus des eaux minérales acidules gazeuses naturelles de Seltz(1). L'auteur recommande ces eaux contre les obstructions des poumons, les divers désordres de la menstruation et du système hémorrhoïdal, contre certains écoulements, dans la colique convulsive, l'asthme spasmodique, la flatulence et l'hypocondrie, les maladies hystériques, la formation de la pierre dans le vésicule bilière, les affaiblissements des nerfs avec accompagnement d'altération des humeurs, les spasmes de la vessie, les coliques néphrétiques chroniques, les maladies des reins et de la vessie, et dans certaines affections de l'utérus.

Coupées avec de l'eau de fleur d'oranger, il les reconnut comme excellent préservatif contre la consomption et contre les spasmes hystériques, etc.

Mélangées au lait d'ânesse, il les administra avec succès dans certaines maladies invétérées des nerfs; et, dans des cas de fièvres hectiques, coupées avec le petit lait, quand il n'y avait pas chez le malade disposition à la diarrhée.

Il apprécia leur efficacité pour rétablir les forces de l'organisation menacée ou déjà affaiblie surtout dans la mélancolie hystérique, dans les affections de la pierre, dans les désordres survenus dans les organes des sécrétions et dans le scorbut.

(1) En citant les auteurs anciens qui ont écrit sur les eaux minérales acidules, on a traduit littéralement les termes scientifiques qui sont propres aux doctrines médicales de l'époque.

Coupées avec le vin, il les fit prendre comme boisson journalière et prolongée pour combattre les tendances à l'apoplexie.

Van Swieten l'imita et obtint des résultats qu'il a consignés dans son *Commt: in Hœrm: Boerrhave Aphorismos.*

Borsieri leur dut plusieurs de ses cures.

Tissot, dans son ouvrage sur les maladies de nerfs, mentionne leur efficacité.

A mesure que la chimie, par des moyens d'analyse plus parfaits découvrait des corps qu'on ne soupçonnait pas jusqu'alors dans les eaux minérales, les praticiens expliquaient d'une manière plus rationnelle leur action sur l'économie. Huffeland surtout a fait une étude consciencieuse, approfondie sur les eaux minérales acidules gazeuses naturelles. Il considéra celles qui, semblables à la source André, ne contiennent pas de fer comme ayant une action restaurante, doucement stimulante, précieuse à la fois pour les malades et les gens en bonne santé. Elles rafraîchissent, désaltèrent, favorisent les secrétions, surtout celles de la peau et des voies urinaires, stimulent l'activité des glandes, du système lymphatique et du poumon : d'une digestion facile, elles n'occasionnent ni échauffements ni congestions sanguines, bonnes pour les individus vigoureux et sanguins comme pour les personnes faibles et convalescentes.

Il signale leur efficacité dans les maladies des reins et de la vessie, la gravelle, la pierre, le catarrhe de la vessie.

Bien entendu que, dans tous les cas, vu la petite quantité de leurs principes minéralisateurs, la dose doit être au moins d'un litre par jour.

Richter, dans sa *Thérapeutique spéciale* les conseille contre les inflammations du foie menacé d'obstruction, contre les rhumatismes chroniques, l'hydropisie sans fièvre et surtout contre le scorbut de mer. Le meilleur préservatif, dit-il, la meilleure boisson pour les gens de mer, c'est l'usage journalier de l'eau acidule gazeuse naturelle, coupée, au repas, avec le vin. Il les recommande pour prévenir et arrêter les vomissements qui incommodent les femmes enceintes. Dans tous les cas où il faut déterminer des évacuations lymphatiques ; contre certaines affections convulsives, et spécialement la coqueluche en convalescence lorsqu'elle est d'ancienne date.

Vetzler qui les a étudiées sous le point de vue des hospices civils et militaires, a écrit ce qui suit : les acides dissolvants et rafraîchissants parmi lesquels, il faut ranger les eaux minérales acidules gazeuses naturelles, sont encore beaucoup trop peu employés dans un très grand nombre de maladies imflammatoires où leur action serait des plus salutaires ; non-seulement ils fournissent une boisson agréable et rafraîchissante, mais ce sont aussi d'excellents remèdes contre les fièvres et les inflammations des membranes muqueuses. Rien n'est plus propre que ces sortes d'acides à soutenir et à favoriser les crises pendant l'époque de la convalescence des maladies inflammatoires, et rien ne serait, à cet égard, plus avantageux que leur emploi général dans les hospices civils et militaires. Les établissements sanitaires en font également trop peu usage dans les maladies chroniques et de langueur. Que des cas de phthysie ces remèdes efficaces ne guériraient-ils pas?

Caventou les considéra comme un remède certain dans un grand nombre de maladies et comme boisson d'un effet salutaire ; elles restaurent sans irriter, favorisent les sécrétions, excitent les voies urinaires. Il les recommande comme une boisson des plus salubres dans les climats chauds et dans les cas où l'on redoute la mauvaise qualité de l'eau ordinaire, principalement aux navigateurs.

Vetter, dans son *Manuel des sources curatives*, prouve qu'elles ont conservé leur réputation, quelles que soient d'ailleurs les doctrines médicales qui ont prévalu.

Il s'en sert pour atteindre divers buts symptômatiques ou curatifs ; il les administre comme boisson calmant la soif dans toutes les affections fiévreuses qui ne sont pas accompagnées d'irritation inflammatoire. Il les fait prendre alternativement avec d'autres boissons, la plus fraîche possible dans les cas d'un caractère asthénique, dans les fièvres nerveuses, intermittentes.

Les praticiens distingués qui ont écrit sur les eaux minérales acidules gazeuses naturelles de Saint-Galmier, ne sont pas moins explicites dans leur appréciation.

Comparées avec les eaux naturelles de Seltz, ils ont fait ressortir l'heureuse proportion de leurs éléments minéralisateurs, combinées de manière à former une boisson usuelle de table et d'agrément en même temps qu'un médicament précieux.

Et l'Académie, dans son analyse faite à l'occasion de la découverte de la source André, reconnue supérieure aux autres sources, en notant l'absence presque complète des sels de fer et de matière organique, vient de sanctionner les données de l'expérience.

Ils sont tout aussi précis dans l'énumération de leurs propriétés médicales. Nous en citerons quelques-uns :

L'eau minérale de Saint-Galmier a une analogie de composition très frappante avec la plus célèbre des eaux acidules, avec l'eau de Seltz de Nassau. Dans celle-ci comme dans la première, l'eau principalement minéralisée par le gaz acide carbonique, contient encore du bi-carbonate de soude, de chaux, de magnésie, de chlorure de sodium ou sel marin. Cette analogie entre les deux eaux minérales fait qu'elles possèdent les mêmes propriétés médicales et qu'on peut employer les eaux de Saint-Galmier dans tous les cas où les eaux de Seltz sont préconisées.

A. DUPASQUIER, médecin de l'Hôtel-Dieu de Lyon, professeur de chimie médicale, juillet 1837.

Les principes minéraux des eaux de Saint-Galmier les rendent délayantes, apéritives, absorbantes et stomachiques, ce qui est démontré par l'observation ; on a souvent éprouvé leurs bons effets, dans les maladies glaireuses et graveleuses des reins et de la vessie ; dans les ardeurs d'urine, etc. ; dans les dérangements des secours périodiques des femmes, tels que la diminution de leur quantité, l'irrégularité de leurs périodes, leur retardement, leur suppression. On s'en sert aussi utilement dans le dérangement des digestions, surtout quand il dépend des crudités dans les premières voies indiquées par des aigreurs, des cardialgies (douleurs d'estomac), etc.

RICHARD DE LAPRADE. Analyses et vertus des eaux minérales du Forez. 1778.

Paret assure en avoir obtenu de bons effets dans les cas d'embonpoint excessif, de lait répandu, d'obstruction et d'embarras glaireux des viscères, dans les catarrhes des vieillards, l'asthme, etc.

CARRÈRE, professeur royal émerite en médecine. Catalogue raisonné sur les eaux minérales naturelles. 1785.

Elles servent à composer des boissons rafraîchissantes et agréables ; mêlées avec les sirops de fruits, elles excellent à calmer la soif. On les conseille dans les maladies nerveuses, l'hypocondrie, dans les engorgements des viscères et dans le cas où l'action de l'estomac est languissante, etc.

Isid. BOURDON. Guide aux eaux minérales de France. 1837.

M. le docteur Lanyer, aujourd'hui conseiller d'Etat, a fait, entre les eaux de Saint-Galmier et celles de Seltz, un parallèle fort intéressant ; l'analogie est remarquable. Toutes deux sont froides, claires, pétillantes, limpides et piquantes. Les habitants de Selters, de Schwalbach, de Francfort, de même que ceux de Saint-Galmier, de Saint Etienne, de Lyon, se servent de l'eau minérale comme boisson usuelle et médicament.

(Essai sur les eaux minérales de Saint Galmier).

Nous terminons en citant l'opinion de M, le docteur Ladevéze, depuis si longtemps inspecteur de ces eaux et dont la réputation est si bien établie :

Elles conviennent aux personnes dont l'estomac est paresseux, qui digérent mal ; à celles atteintes d'irritation chronique des membranes digestives, telles que gastrites, gastro-entérites et cardialgies.

Elles sont recommandées aux personnes mal réglées, aux jeunes filles qui ne le sont point encore et chez lesquelles il est urgent que cette maladie périodique ait son cours ; aux personnes du sexe atteintes de leucorrhée ou flueurs blanches, à celles qui souffrent de quelques maladies invétérées.

Les tempéraments sanguins bilieux boivent avec succès ces eaux dans les cas de rhumatismes aigus.

On les prescrit avec avantage aux malades en proie à des lésions organiques du foie et de la rate.

De nombreuses maladies cutanées, des dartres rebelles ont trouvé une guérison solide à Saint-Galmier.

Mais c'est surtout dans les maladies de l'appareil urinaire que les eaux minérales déploient toute l'énergie de leur action.

Elles sont d'une efficacité précieuse dans les cas d'atonie de la vessie, dans les gravelles. Comme les eaux de Contrexville, elles font rendre avec facilité des graviers, des calculs. Un fait certain, c'est que les habitants de Saint-Galmier qui en font un usage de tous les jours à table, *n'ont jamais compté parmi eux un seul calculeux.*

Le rachitisme, les goîtres, les scrophules sont infiniment rares dans cette ville.

Nous ne pouvons résister au désir de transcrire ici la manière de voir d'un vieil auteur sur les eaux minérales de Saint-Galmier :

La Coise descend de Saint Galmier, amenant avec elle les eaux miraculeuses de la Fontfort, dont les effets donnent autant de peine à l'esprit des philosophes et des médecins, que d'utilité aux corps des habitants du lieu. Elle supplée au défaut du vin, elle vaut mieux que le levain pour pétrir le pain et faire lever la paste, et un verre de son eau a plus de force que toutes les recettes d'Hyppocrate et de Galien, pour la purgation des humeurs. Ne voilà pas des gens heureux, qui n'appréhendent point que la rigueur des hyvers gèle leurs vignes, qui en toutes les saisons de l'année, font vandange à peu de frais et qui peuvent conserver leur santé sans nuire à leur bourse ? car il est hors de doute qu'un demy sextier de cette eau miraculeuse meslée avec un peu de vin ne l'affoiblit aucunement ; au contraire lui donne une force particulière qui eschaufe et anime ceux qui la boivent et leur sert de remède et de préservatif contre toutes sortes de maladies, pour arriver jusques à une belle vieillesse, sans autres drogues que le seul usage de l'eau de cette fontaine. On ne peut néantmoins s'en servir à cuire les viandes, parce qu'elle s'en va toute en fumée et se résout en vapeurs, dès lors qu'elle commence à boüillir.

LES RIVIÈRES DE FRANCE. par le SIEVR COVLON ; à Paris, chez Gervais Clousier, au Palais, sur les montées de la Saincte Chapelle. M. DC. XLIV.

Dans l'eau minérale acidule gazeuse de la source André, ce qu'il faut considérer avant tout, ce n'est pas la quantité de gaz acide carbonique qu'elle renferme ; mais la réunion intime, la liaison plus parfaite, la dissolution en un mot du gaz dans l'eau naturelle ; dissolution qui ne peut être obtenue artificiellement ; mais que la science peut en quelque sorte expliquer par l'action du calorique terrestre et des courants magnétiques.

Il est constant que, arrivée dans l'estomac, elle n'abandonne pas aussi vite son gaz que l'eau fabriquée. Et quoique l'eau naturelle ingérée contienne en dissolution plus de gaz que l'eau de Seltz artificielle qui le laisse échapper avec violence aussitôt que la pression du bouchon cesse, elle ne procure pas, comme cette dernière, des éructations, ce qui explique sa parfaite assimilation dans l'économie.

Il faut aussi tenir compte de cette circonstance que le gaz acide carbonique est soluble dans l'eau, à une basse température. La source André se trouvant dans un caveau, l'eau puisée à sa naissance, pour être transportée, contient tout le gaz qu'elle peut dissoudre.

La quantité d'air riche en oxigène qu'elle renferme, mêlée au gaz acide carbonique, ne donne-t-elle pas encore raison de sa puissante action curative ?

Il résulte de tous ces faits recueillis par des hommes compétents que l'action de l'eau acidule de la source André est autant préventive que curative. C'est surtout comme boisson usuelle, d'agrément ou de table, qu'elle doit remplacer les eaux fabriquées, malfaisantes, lorsque des lavages suffisants n'ont pas enlevé les acides énergiques employés à leur préparation.

Dans toutes les localités où les eaux potables sont pesantes, chargées de matières animales, organiques, ce qui a lieu dans tous les grands centres de population, elle doit être d'un usage habituel et de tous les jours. Magnésienne et bicarbonatée, elle neutralise les pernicieux effets des eaux séléniteuses, elle dissipe ce grand nombre d'indispositions qui viennent toujours à la suite de l'usage d'une mauvaise boisson.

Enfin c'est une boisson de table apéritive qui remplace l'eau de Seltz fabriquée et naturelle (1).

On la boit, en toute saison, à jeun, aux repas, seule ou coupée avec du vin, des sirops et on peut la prendre avec profusion sans inconvénient.

Elle est depuis longtemps sur toutes les tables de Saint-Etienne, de Rive-de-Gier, de Lyon, et ce qui prouve en même temps son innocuité, c'est que son efficacité dépend d'un emploi constant. Son bon marché, point essentiel en hygiène, facilite singulièrement son usage.

J. Soviche, D. M. M.

Chirurgien en chef (par semestre) des hôpitaux civils et militaires de Saint-Etienne, membre du Conseil de salubrité de l'arrondissement de Saint-Étienne, médecin et chirurgien des chemins de fer de St-Etienne à Lyon et à Mont-Rambert, etc.

(1) Les ouvriers verriers de Rive-de-Gier, sortant de la fournaise, prennent impunément l'eau acidule glacée.

LYON. — IMPRIMERIE DE LÉON BOITEL, QUAI SAINT-ANTOINE, 36.

La Société ANDRÉ et Cie, propriétaire d'une Source d'Eau minérale à SAINT-GALMIER, ayant quelque raison de se croire désignée dans la réclame d'une autre exploitation de la même localité, tient essentiellement à ce que ses produits ne soient pas confondus avec ceux de cette dernière.

Le public comprendra la légitimité de cette prétention par l'inspection du tableau comparatif ci-joint, et pourra apprécier, sur les documents fournis par les Sociétés scientifiques, la supériorité incontestable de ses Eaux.

Substances volatiles	Source Font-Fort.	Source Badoit.	Source André
Air.	Inapprécié.	Assez riche en oxigène.	Très-riche en oxigène
Acide carbonique.	1 vol. fort.	1 vol. 1/4.	1 vol. 1/2.

(*Extrait du Bulletin de l'Académie, du* 26 *mai* 1846 *et* 28 *février* 1847).

www.ingramcontent.com/pod-product-compliance
Ingram Content Group UK Ltd.
Pitfield, Milton Keynes, MK11 3LW, UK
UKHW020537230726
13925UKWH00005B/2338

9 782014 040814